P9-AQB-008

# Bessey, la Desordenada

## Escrito por
## Patricia y Fredrick McKissack
## Ilustrado por Dana Regan

**Children's Press®**
Una División de Scholastic Inc.
Nueva York • Toronto • Londres • Auckland • Sydney
Ciudad de México • Nueva Delhi • Hong Kong
Danbury, Connecticut

Para mamá Bess que nunca es desordenada
—P. y F. M.


Asesoras de lectura

**Linda Cornwell**
Coordinadora de la calidad escolar y el mejoramiento profesional
(Asociación de Profesores del Estado de Indiana)

**Katharine A. Kane**
Asesora educativa
(Jubilada de la Oficina de Educación del condado de
San Diego y de la Universidad Estatal de San Diego)

Biblioteca del Congreso. Catalogación de la información sobre la publicación

McKissack, Pat, 1944-
   [Bessey, la Desordenada. Español]
   Bessey, la Desordenada / escrito por Patricia y Fredrick McKissack; ilustrado
por Dana Regan.
       p. cm.—(Un lector principiante de español)
   Resumen: Bessey limpia finalmente su cuarto desordenado.
   ISBN 0-516-22685-1 (lib. bdg.)       0-516-27794-4 (pbk.)
   [1. Limpieza—Ficción. 2. Orden—Ficción. 3. Comportamiento—Ficción.
4. Afroamericanos—Ficción. 5. Materiales en idioma español.] I. Título. II. Serie.
PZ73.M3722 2002
   [E]—dc21                        2002067348

# Mira tu cuarto, Bessey, *la Desordenada*.

# Mira, colores en la pared,

libros en la silla,

# juguetes en el cajón del tocador

# y juegos por doquier.

Bessey, *la Desordenada*,
tu cuarto es un desastre.
Mira, zapatos sobre la cama,
el abrigo en el piso,

9

medias sobre la mesa,
y tu sombrero en la puerta.

Bessey, mira tu cuarto desordenado.
Mira, una taza en el clóset,

galletas en la almohada,

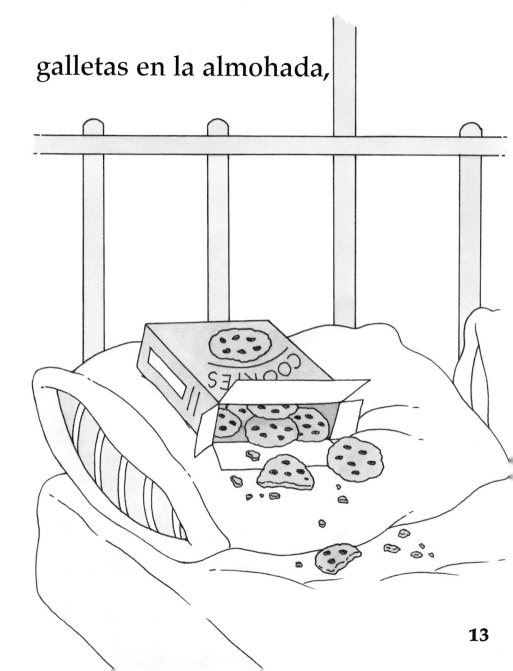

un chicle en el cielo raso
y mermelada en la ventana.

Bessey, *la Desordenada,*
tu cuarto es un desastre.

Toma agua y jabón.
Toma el trapeador y la escoba.

A trabajar, Bessey, *la Desordenada*,
tienes que limpiar tu cuarto.

De modo que Bessey fregó
y refregó las paredes,

el cielo raso

y el piso.

Tendió la cama,

recogió sus cosas

y cerró la puerta del clóset.

¡Bravo! Buena ésa, señorita Bessey.
También mírate tú.

Tu cuarto está limpio y lindo...

¡como tú!

31

## Lista de palabras (75 palabras)

| | | | |
|---|---|---|---|
| a | desastre | limpio | sobre |
| abrigo | desordenada | lindo | sombrero |
| agua | desordenado | medias | sus |
| almohada | doquier | mermelada | también |
| Bessey | el | mesa | taza |
| bravo | en | mira | tendió |
| buena | es | mírate | tienes |
| cajón | ésa | modo | tocador |
| cama | escoba | pared | toma |
| cerró | está | paredes | trabajar |
| chicle | fregó | piso | trapeador |
| cielo | galletas | por | tu |
| clóset | jabón | puerta | tú |
| colores | juegos | que | un |
| como | juguetes | raso | una |
| cosas | la | recogió | ventana |
| cuarto | las | refregó | y |
| de | libros | señorita | zapatos |
| del | limpiar | silla | |

## Acerca de los autores

Patricia y Fredrick McKissack son escritores y correctores que trabajan por cuenta propia, residentes del condado de St. Louis, Missouri. Sus premios como autores incluyen el Premio Coretta Scott King, el Premio Jane Addams Peace, el Newbery Honor y la Regina Medal de 1998 de la Catholic Library Association. Los McKissacks han escrito además *Messy Bessey and the Birthday Overnight*, *Messy Bessey's Closet*, *Messy Bessey's Garden*, *Messy Bessey's Holidays* y *Messy Bessey's School Desk* en la serie Rookie Reader.

## Acerca de la ilustradora

Dana Regan nació y creció en el norte de Wisconsin. Se trasladó al sur a la Universidad de Washington de St. Louis y eventualmente a la ciudad de Kansas, Missouri, donde ahora vive con su esposo Dan y sus hijos Joe y Tommy.

Philosophy as a 'consolation' for the sorry nature of the human condition has never been one of Bertrand Russell's activities; happiness for him is a rational pursuit. He diagnoses with his usual precision the many ways by which people make themselves miserable, and then turns with pleasure to the positive sources of happiness open to everybody. The result is a stimulating book full of practical wisdom for all who feel hard pressed by modern conditions. Perhaps its best recommendation is the obvious success with which the author has himself kept undimmed his zest for life.